Meine Prosa und Lyrik

Auszüge Teil II

Christine Albrecht

FSC
www.fsc.org
MIX
Papier aus verantwortungsvollen Quellen
Paper from responsible sources
FSC® C105338

Kontakt: albrechtchristine1@t-online.de

ISBN 978-3-00-036620-8

Über diese Auswahl

Das Sein oder das nicht Sein,
was ist denn nun die Frage,
welche uns am meisten bewegt?

Prolog

Im zweiten Band der Prosa und Lyrik findet auch weiterhin das Thema der Beschreibung der Natur mit malerischen Worten den Vorrang.

Dazu gesellen sich bissige Aphorismen, teils komisch, logisch oder bitter. Auf jeden Fall eine weitere umfangreiche Prosa und Lyrik, welche den gesamten Lebensweg säumten.

Die Erfahrungen des Lebens in kurze Worte gefasst, mit feinfühliger, scharfsinniger Beobachtung und Wahrnehmung niedergeschrieben, findet hier seine eigene Sprache. Für den Leser eine nicht immer leichte Kost.

Christine Albrecht

Ab ins Wasser

Der Sommer ist heiß
Von meiner Stirn tropft der Schweiß
Ich geh zu meinem Schrank
und hol raus den Bikini
Ich radle zum Teich
und springe zugleich
ins kalte Wasser und juble wie nie
dem kühlen Sommerabend entgegen

CA 2008

Alte Muster

Bedauerlicherweise hängt man an ihnen wie Kletten
Man muss sich nicht aufgeben, nicht ändern
Gründe erfinden bis in die Bodenlosigkeit
Sich wohl fühlen in seiner eignen Verlogenheit
dann kann man weiter so machen, wie gehabt
zufrieden und glücklich sein und sich sagen, das war's
wenn's doch so einfach wäre, so ist es eben nicht
Plötzlich schlägt das Herz oder Hirn nicht mehr,
keiner weiß warum, nur die Seele spricht
laut und deutlich lässt sie dich fühlen
und sagt dir, wie krank sie ist
Nur du, du begreifst das nicht,
bis du am Ende des Lebens ankommst,
dich wunderst und fragst:
„War das alles, was ich wollte?
War's das?“

CA1998

Aphorismen

Der Bauch, er kam, sah und siegte

*

Leben ist, wenn einer den anderen leben lässt

*

Tod ist der, der mit seinem treuesten Freund schlafen geht

*

Liebe ist dein Atemzug in mir

*

Deine Geburt bringt gleichzeitig deinen besten Freund mit,
den Tod, somit bist du nie einsam

*

Kein Mensch redet gern über den Tod,
nur, wenn sich dieser bemerkbar macht- trotzdem ist er
alltäglich
ohne Pause stets an deiner Seite und wacht über dich

*

Heimatlosigkeit ist gleich Identitätslosigkeit
Du bist ein Baum ohne Wurzeln

CA 2006

Aphorismen 2

Ist Reichtum nicht das,
sich erst einmal selbst zu verstehen, bevor
den anderen zu beurteilen

*

Was glotzt du so?
Hast du noch nie einen Menschen gesehen, besonders den
bedürftigen?
Ich schon!

*

Hast du schon mal mit Geld geschlafen?
Nein? Dann verstehst du doch auch, wie wertvoll die Liebe ist!

*

Nichts ist schlimmer als die Müdigkeit,
denn hinter ihr steckt der Tod,
wie hinterhältig!

*

Einsamkeit ist keinesfalls zum Erfrieren da,
sondern die Kunst, sie auszuhalten!

*

Nicht Verachtung, sondern Respekt macht dich machtvoll,
vor allem gegen dich!

*

Was redest du so über mich, hast du dich immer noch nicht
verstanden?
Oder wozu brauchst du mich sonst noch?

CA 2006

Auf der Suche

Tief in mir gibt es das Meer der Meere,
das brodelt und schäumt vor Lust und Liebe
Vulkane verlöschen, die gestern noch gebrannt
Der Durst der Jungfrau, die im Meer ertrank,
ging schnell vorüber
In ihrer linken Hand hielt sie ganz fest ein goldenes Band
und verschwand auf nimmer wieder
Tief in mir, weit weg von aller Welt fand sie eine Insel
Es war meine Mutter, die mich nie fand, sie ging an mir vorüber
Mein Herz in ihrer Hand, ließ sie mich allein als kleine
Seejungfrau
und ich mein Leben ohne sie kaum fand, trotz dem
„Kein Ersatz"
Der Kelch ist zersprungen, Verzweiflung kämpft
um Anerkennung
und Einsamkeit, das gierige Untier, frisst gerade zu
und lässt nichts zurück außer
die Wogen des Meeres, welche alles in sich aufsaugen
und es bleibt nichts als der Wind, der da pfeift, als hole er mir
alles zurück
was ich an ihm verlor
Es gab auch einen Ring, der war nicht echt, wie all
die falschen Eltern,
deren Schicksal sich an denen der Kinder rächt
mit fatalen Folgen
Das Meer ist voll davon und wütet ratlos hin und her
macht aus Einsamkeit große Kinder,
die da werden viel zu früh reif und fallen vom Baum
und manchmal fängt man sie noch auf

CA 2001

Augenblicke

Hände fassen, umschließen
Arme streicheln, umklammern
Gesicht ansehen, Wärme atmen
Wangen berühren, weich und schön
Umarmung, Augen, Spiegelbilder
Zeit, die tiefe Hoffnung und Wünsche weckt
Körper aneinander schmiegen, recken, reizen
Lust, Begierde nehmen
Hände ineinander verschlingen
Erfüllung macht dich satt

CA 1978

Charakteristisch

Ein Leuchten umspielt dein Gesicht
Deine Augen sprechen über dich
Du zeigst und liebst die Zeit, das Feld
Die Bewegung ist's, die lebendig hält

Dein Wachsen, ein Zeugnis des Wissens
Dein Lernen, ein Beweis des Genießens
Das Anwenden, die Kunst des Handelns
Das Geben, ungeheure Kraft im Wandel

Da stehst du nun, dein Du im Dich
Dein Haar, das glänzend ist im Licht
Dein Du, das Wärme spürt und mich
Das bist du nun, dein eignes Ich!

CA 1975

Dialektik

Was haben Lehrer und Schüler gemeinsam?
Sie lernen einander in die Zukunft zu schauen!

CA 2004

Der Mond kam!
Und ich?
Ging schlafen!

CA 2009

Die Jahre

Es sind die Jahre, die vergehn
Nicht das Leben
Das atmet, pulsiert und da lauscht
der verworrenen Geschichten,
die da flüstern, schreien und weinen
Sie sind's in der Seele, in der Tat
Auch die Jahre, die am Sterben sind,
sind nicht ohne Leben!

CA 1974

Die Schlacht

300 zogen in die Schlacht
und kamen nicht mehr zurück
300 standen an einem Berg
der Asche spie und Blut
Hunderte, die kämpften und gewannen
ihr Land liebten, ihm zur Seite standen
Hunderte, die letztlich doch ihren Tod fanden
die Zeit verließ den Krieg, das Leid
der Friede wächst, er blüht und weint
Er vergisst sie nicht die Hunderten von Toten
sie standen am Berg und mussten dafür bluten

CA 1976

Die Zeit

Halt sie fest, die Zeit
Wie Sand zerrinnt sie
Sie ist dein Leben
Geh langsam, übereil dich nicht
Du bist dein Spiegel,
Die Uhr, sie läuft!
Erlebe die Liebe,
spüre den Schmerz,
die Wärme der Menschen
Wie auch immer!

CA 1974

Erziehung der Gefühle

Die Bedingung der Liebe ist
das Gefühl
Der Verstand dazu
die Voraussetzung
Ziele sind
Mauern, Türme und Festungen
zu erobern
Manchmal gehen Türen
auch von allein auf
Kein Platz für Liebe?
Hoffnungslosigkeit
darf sich niemals ausbreiten
Entzug als Waffe
Ausbeutung des Verstandes,
um Liebe zu ersticken?
Wo sind
Sanftmut und Bedingungslosigkeit?
Keine Macht der
Müdigkeit und Hoffnungslosigkeit!

CA 1999

Fred

Fred träumt!
Stör ihn nicht,
sonst ärgert der sich!
Wenn du wüsstest,
was dieser so alles
am … hat!

CA 2004

Frühlingserwachen

Ein Haus mit Rauch aus dem Schornstein
öffnet seine Pforten
und lädt zum Nachdenken ein
Leise fällt die Sonne auf's Dach
und schmilzt den Schornstein weg
Alles tropft,
flink der Schnee verschwand
Sieh da,
prustend kommt der Lenz angerannt
und setzt sich an die lange Tafel!

CA 2002

Gewitter

Schwüle liegt über dem Land
Windstille und schweflige Luft bilden ein festes Paar
Lauterwerdendes Krollen kündet sich an
Blitze kommen aus den Wolken
Wolkenfetzen finden zusammen
bilden eine dunkle Wand
blauer Himmel wird gefangen
Blitze zerreißen den Tag
Es ist ein Nichtwollen der Hitze
brodelnder Moment von Wind und Regen
plötzliche Ruhe und Klarheit
liegen über dem Land

CA 1975

Glück

Ist Glück nicht
doch nur
Verdrängung und Verlogenheit?

CA 2004

Irgendwo

Irgendwo in den Lüften
zwitschern sich
die Vögel was zu
vom Leben,
der Liebe
von Ich und Du
In endlose Ferne
fliegen sie davon
Ihnen gehört die Unendlichkeit,
das Meer,
die Freiheit

CA 1999

Krieg

Macht und Gier
Neid und Eifersucht
machen Menschen unmenschlich
und zerreißen Leiber

CA 2003

Ländliches

Der Himmel ist grau,
der Vater noch blau
Die Mutter, sie meckert
der Bruder, der wettert
Es stürmt und kracht
der Sturm, der lacht

Die Kuh, sie muht mit großen Augen
Die Ziege freudvoll wird gemolken
Der Krug voller Wolken
fällt zu Boden und zerbricht

Die Blätter sind bunt
Der Hund noch ganz rund
von der dicken, fetten Wurst
Die Bäume vor grün strotzend
wiegen sich leise im Wind
So zieht alles vorbei und
weht sanft dahin

CA 2004

Landregen

Betörender Duft zieht über das Land
breitet sich aus in Windeseile

Die Menschen strahlen und freuen sich
Sie hatten sehr lange drauf gewartet

CA 1978

Lautlos

Lautlose Stille, klammernd,
betäubend laut
Nicht mal das Ticken der Uhr ist zu hören
Lautlosigkeit erfüllt den Raum,
meinen Kopf, mitten
in die Seele hinein
Die Ruhe schmerzt und horcht
ohne Gruß und ohne Worte
Um mich herum schweigt die Zeit,
atmet lautlos tief in mich hinein
Kein Lüftchen Wort erreicht mich mehr
Die Gedanken sind leicht,
sie bewegen sich nicht mehr,
treiben an keinen anderen Ort
als in den leeren Raum
Ausgerechnet heute haben sie
für mich kein liebes Wort

CA 1999

LIEBE

Liebe, ein Kelch von Wein, Verzauberung und Trauben
Ist ein Genuss an Haut, Erkenntnis und Vertrauen
Kann aufwallen, peitschen und verletzen
Trotzdem einander geben vom Besten
Wie ein Hauch von Wärme und Duft
ständiges Gefühl zwischen Gleiten und Gruft
verlangt sie stets das,
was du besitzt an ihr
Ein Spielen der Sonnenstrahlen in den Wellen
stets gebend von frischem klaren Quell
denkst du dir, schaust nach ihr
und weißt, dieses ist ein kurzes Spiel

CA1975

Liebe

Der Verlust der Liebe ist der Verlust des Lebens
Alles andere sind Ausreden

Liebe kann man nicht bemessen, ermessen, abmessen
Sie ist da und bevor sie stirbt, geht sie

Wozu ist die Liebe, wenn der Kopf sie wieder abschaltet?
Liebe denkt nicht, Liebe fühlt

Gott sei Dank leben Menschen noch, wenn sie fühlen können
Allerdings machen sie den Fehler, diese wieder weg zu grübeln

Selbst die Liebe liebt die Mode, denn
sie verkleidet sich jeden Tag aufs Neue, man muss
sie nur erkennen

Kinder sind oft viel erwachsener, sie können noch sagen,
was sie fühlen und wen sie lieben

Die Sprache der Hände ist oft spannender, als die des Mundes

CA 2004

Mensch

Ein Mann und eine Frau ergeben einen Menschen
Fehlt einer von beiden
kannst du dir maximal vorstellen
du seiest vielleicht einer!

CA 2005

MEERESSTILLE

Glitzerndes Funkeln auf dem Spiegel des Meeres
Sonnenstrahlen tummeln sich fröhlich im Licht
springen freudig in die kristallnen Wellen
verebben dann sanft in zierliche Gischt
leiser Wind zieht über das endlose Meer
schiebt sanft das kräftige Blau vor sich her
Warmer Hauch ist zu spüren, mehr nicht,
und erfüllt alles mit endlos scheinendem Frieden

CA 2009

Müde

Müde ist, wenn der Eine dem Anderen
nicht mehr zuhören kann
Ihn weder riechen, sehen noch fühlen will

CA 2004

Nachts im Bus

Eintöniges Tuckern erfüllt den Wagen
Es ist Nacht und kalt
Blasse Gesichter träumen in den Raum
Es zischt und heult, der Wagen fährt

Gebeugt und müde sitzen sie da
Betrachten die Dunkelheit und Stille
Die meisten sind froh, sie haben Platz
Die, die stehn, verziehn keine Miene

Ein Nichts umklammert ihre Stirn
Vorbei der Tag, der Morgen wartet
Sie fahren und schweigen
Sind endlich am Ziel

CA 1974

Nebel

Schwarzbraun zeichnet sich der Baum am Himmel ab
Von den Ästen tropfen dicke Tränen
Die Landschaft, noch vom Wasser tief durchtränkt,
träumt von trocknendem Gelb der Sonne
Feine Zweiglein, filigran am Himmel,
welcher am Übergewicht seiner Wolken stöhnt
finden sich zusammen wie ein Netz
voll mit Fisch an guten Tagen
Der Boden voller Pfützen widerspiegelt diese seltsame Pracht
wie ein kalter Hauch von Zärtlichkeit,
nimmt sich den Nebel, den bauschigen
und putzt sich damit die Pfützen ab

CA

Nicht vergessen

Wie weit zogen sie schon fort,
um zu vergessen das Verbrechen, den Völkermord
Am Himmel macht sich Abendrot breit
Glühend und gleißend das offene Leid
Schon wieder züngelnde Flammen des Brandes in unserer Zeit,
die da lodern von Ort zu Ort und überall bleiben
Narben zurück
Doch du kannst dem nicht entgehn und wieder
deinen Kopf weg drehn
Du musst das mal verstehn
Die Bäume wiegen sich leis im Lied und summen vor sich her
Sie wollten dies wirklich alles nicht sehn
So ging man dahin und versenkte den Sarg auf den Abgrund
der Menschlichkeit
Ihre Seelen waren innen noch wund, sie konnten nicht sehn
Der Hass wird eines Tages verbannt, die Schuld am
menschlichen Abgrund
Komm her, schau ruhig hin, aber nicht zu lang,
sonst gewöhnst du dich wieder daran und es wird
weitere Jahre geschehn

CA 1999

Regen

Tiefdurchnässte vom Regen getränkte Weiden
Perlende Tropfen am Gezweig der Bäume
Glänzende Häuser und Straßen in der Ferne
nasse Menschen flüchten fort

Gleichmäßiges Rauschen der Bäume im Wald
Schwerbeladen von klarer Wasserpracht
Einige Menschen, die da träumen
Andere, die was vollbracht

Graugefärbte Wolldecken über dem Land
Die Erde sanft umhüllend und abtrocknend
Zwischen Nebelfelder eine Wolkenwand
Der Regen ist weitergewandert

CA 1974

Reise

Vorbei eilende Wiesen, Bäume und Häuser
Betrachtende Menschen in vollen Abteilen
Gespräche, die aufflammen und verebben
Manches ist keck, manches voll Necken

Interessantes Erfahren von Reisegefährten
Verschiedene Mentalitäten, die zerstreuen,
manch einer denkt, wenn ich nur schon da wäre,
manch anderer, es sitzt sich ganz gut unter den Leuten

Rollende Räder eilen dem Ziel entgegen
Außen am Fenster ist trübe Landschaft mit Regen
Bremsen quietschen plötzlich laut, der Zug hält
Das Abteil wird schnell leer, der Bahnhof hallt

CA 1974

Ruhe

Glitzerndes Funkeln auf dem Spiegel des Meeres
Sonnenstrahlen tummeln sich fröhlich im Licht
Springen spielend in die kristallklaren Wellen
und verebben dann sanft als zierliche Gischt

Leiser Wind zieht über das endlose Meer und schiebt
sanft das Blau vor sich hin und her
Warmer Hauch ist zu spüren, nicht mehr!
Und erfüllt alles mit tiefem endlosen Frieden

CA 2003

Sehnsucht

Liebevolle Augen
Warme Hände
Weiche Körper
Lebendig und zärtlich
Aber wo?

CA 2005

Sonnenbrand

Wenn die Sonne kommt,
rolle ich meine Haut aus,
leg mich drauf und verbrenne,
und wenn's weh tut,
hau ich einfach ab

CA 2009

Stillleben

Stilles Leben oder still leben
sind Momente, die jedem gegeben
Bis es erwacht aus voller Pracht
und bewegt, was dann
lauthals vor Freude lacht

CA 2006

Stumpf

Ohne Arme, ohne Beine
Kopflos!
Selbst dein Herz hat man
dir heraus gerissen
Welch Beklemmung!

CA 2003

Ungeliebt

Geliebt zu werden von dir?
Du nahmst mich und gingst weg,
ohne dich noch einmal um zu drehn
In meinem Herzen war viel Platz für dich
den wolltest du nicht sehn
Zärtliche Küsse von weichen Lippen
Geliebter warmer Körper
Wie sehr ich mich nach dir sehne,
in kalten Stunden immer wieder an dich denke
Die Hoffnung wird mich wachsen lassen

CA 1998

VIELLEICHT

Wenn Liebe in dir ist, dann kannst du verzeihen,
kannst du verstehen
Ist sie nicht in dir,
kannst du weder sehen, noch verstehen
dann bist du blind!

CA 2003

Vorurteile

Woher das Recht, über Andere zu richten
Zu behaupten, wer gut sei oder schlecht
Warum dieser Stein von deinem Gesicht
In dem früher einmal Träume warben
Warum das ständige Gerede von Morgen
Man weiß doch gar nichts, überhaupt nichts
Du Engel, bis morgen

CA 2007

Was ich liebe

Was ich liebe, das weißt du nicht
Es ist ganz einfach und nur für mich
Ich kann es nicht sagen, es fällt mir sehr schwer
Würde klingen wie Eis, vielleicht auch nach Meer
Drum lass sie mir, ich will's nicht verraten
Man fühlt es hier, die Zeit wird's sagen!

CA 1975

Wirrwarr

Was denn nun, der Kopf,
oder der Bauch?
Ach, du willst nicht verstehn,
oder kannst du nicht?

CA 2004

WUT

Kalte Liebe, erfrorenes Herz
Verschollene Wärme
In der Dämmerung ein Schmerz
War das alles, welch eine Hatz
*
Verlogen all deine unendlichen Worte
Verglüht im Auge seltener Schmerz
Arroganz und Gleichgültigkeit auf deinen Lippen
Aus deinem Blickwinkel nur Hass und Schmerz
*
Wo keine Liebe ist blüht Hass
Jedoch Gleichgültigkeit ist schlimmer als das
Als das, ach was!
Denn dein Hass fühlt sich noch ganz warm an
Aber Gleichgültigkeit, welch süßer Tod!

CA 2007